la Scala

ANNA MARCHESINI

È arrivato l'arrotino

Rizzoli

ISBN 978-88-17-08911-1
Prima edizione: ottobre 2016

È arrivato l'arrotino

Nota dell'editore

Anna Marchesini scriveva i suoi libri a mano su quaderni di scuola. Prima in brutta, una minuta tormentata da cancellature e riscritture, poi in bella copia. Un metodo di lavoro che ci riporta ad altri tempi, alla sapienza dell'artigianato anche nella scrittura. Una commovente caratteristica davvero più unica che rara, nei nostri tempi.
Le pagine che seguono sono la trascrizione di una bella copia elaborata, che porta i segni di un lavoro faticoso e instancabile sulla parola, il ritmo e la musica di ogni frase. Sono il cuore del suo ultimo romanzo, a cui ha lavorato fino a luglio 2016, lasciandolo incompiuto.
L'editore consegna ai propri lettori questa estrema opera di Anna Marchesini con emozione, rimpianto ma anche con grande orgoglio, arricchita da una raccolta di poesie inedite tratte da *Fiori di Fitolacca*, che risalgono a un periodo compreso tra la fine degli anni Sessanta e la fine degli anni Ottanta.

Lettera ad un poeta, mia madre
di Virginia Marchesini

Eccoci qua, poeta! A scriverti, le righe parlano e raccontano chi sei, forse era tutta una vita che aspettavi il senso vero di quel qualcosa che sapeva di fiori e di glicine misto a profumo di rosa e di natura umana, quella vera, e di sensazioni più intime, e di immediata bellezza e di gioiosa immensità.

Io mi ricordo bene quando tu lavoravi e stavi dietro ai miei vissuti di emotività e di ansia, e di quel vivere noioso e quotidiano; di quel qualcosa di vero, di quell'immaginario silenzio che il poeta era in grado di udire e di sentire; erano tutti in silenzio ad applaudirti e tu con il senso di una persona fragile e notturna, che rifletteva in una piccola barca di eterno temporale.

La nostra vita era così, mamma, quando il nido si è rotto e si è ricomposto con una voglia d'amore e di canzoni nostre, ti ricordi i nostri sorrisi? E i tuoi momenti bui con cui un poeta deve convivere, le ali di un uccello in volo erano la tua immagine preferita, le ore che scrivevi, correggevi, o chiacchieravi con gli amici al telefono, il tuo sorriso e le tue risate, i tuoi giochi di parole con cui amavi parlare, raccontarti e silenziosamente esprimerti nella correzione del tuo libro, occhi gioiosi e tanto immaginativi, erano in silenzio anche i tuoi ragionamenti, la tua grinta che nascondevi per paura di offendere le persone. Quando annaffiavi i fiori o andavamo in campagna o al mare mi ispiravi con poche o tante parole o con un semplice «come stai?».

Il senso della tua vita era quello di onorare i giovani e di istruirli e di «educarli all'arte» di andare da soli e in autonomia come me, anche se non ti ascoltavo, e tu mi rimproveravi per questo e io ti davo i baci dopo gli schiaffi. Erano tutti pronti ad aiutarci nel nostro rapporto e tu mi chiedevi e mi dovevi ripetere tante volte le cose prima che io le facessi; io ero una bella ragazza in preda alla paura e tu mi cullavi con le tue canzoni e le tue preghiere, ti potevo chiedere consiglio, dormire con te e stare in tranquillità con te, andare a fare shopping, andare a cercare emozioni insieme anche nel salone di un parrucchiere o di un estetista, o a portare il gelato alle amiche, o andare in macchina con una persona speciale e che ti voleva tanto bene, era tua figlia quella persona.

Tutto ciò che un poeta lascia di bello è un segno che rimane nel cuore eterno di una persona per sempre, e stare in mezzo agli altri, mamma, era la cosa che ti piaceva di più, e creare un dialogo con loro, anche solo con un semplice «benvenuto» o «buongiorno», era la tua situazione ideale, anche solo per vedere una lacrima scendere dagli occhi dei tuoi fan o una risata durante i tuoi spettacoli, o condividere con gli amici o con loro sorrisi e risate era il tuo piccolo mondo e non sempre tutto andava per il verso giusto. Qualche volta era il destino a rovinarti le cose pure e semplici della vita, ma tu avevi il tuo solito modo di sdrammatizzare tutto anche per telefono e di ridere degli incidenti della vita e di ridere, ridere, ridere e ridere ancora di tutto, e anche piangere.

Quando dovevi stare bene ti mettevi a truccarti e a pettinarti e a vestirti con il tuo solito vestito anni Cinquanta a palloncino rosa a strisce nere che comprammo insieme, ti mettevi il profumo alla rosa, rimmel nero, coprispalle rosa abbinato al vestito, scarpe di colori diversi o stivaletti neri con il tacchetto, il tuo solito rossetto marrone e il tuo lucidalabbra, ti mettevi accanto alle persone e ridevi o scambiavi un abbraccio con loro.

Mamma, ricordati che le cose belle sono nella vita semplice e nelle piccole e grandi sconfitte, quelle piccole vittorie che tu o noi ci prendevamo erano vittorie contro un mondo assurdo e banale che stava sempre a vedere le apparenze e mai il dettaglio o la sostanza delle cose. Mamma, mi manchi e sarai sempre nei miei pensieri più intimi, cercherò i tuoi occhi in qualsiasi altro sguardo umano, ti ricordo e ti ripenso nelle nostre cene a letto e nei nostri abbracci notturni.

Ti stringe forte tua figlia, quella ragazza che hai allevato e che sempre rimarrà tua.

Virginia

PARTE PRIMA

È arrivato l'arrotino

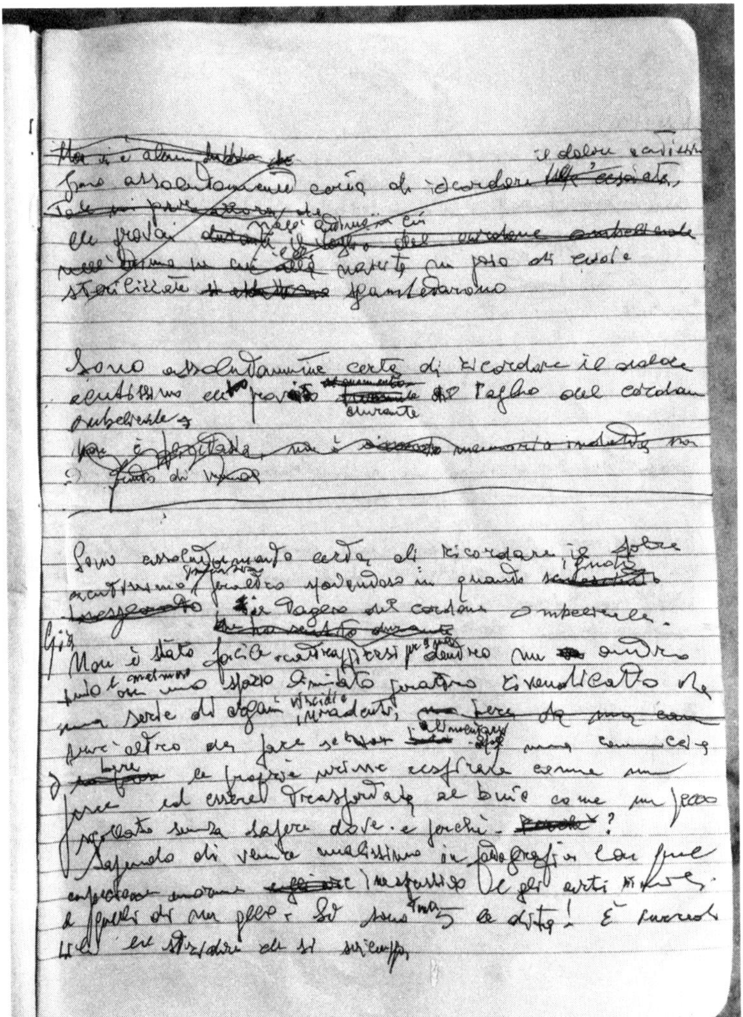

La prima pagina del quaderno di bella.

I

Sono assolutamente certa di ricordare il dolore acutissimo, peraltro spaventoso, in quanto ignoto, del taglio del mio cordone ombelicale.

In tutta onestà già non era stato facile rattrappirsi per nove mesi nel fondo cavo di un antro buio e melmoso, immersa in un acquitrino asfittico, dallo spazio risicato, tuttavia rivendicato da una poltiglia di organi viscidi e invadenti, senza altro da fare se non alimentarsi con una cannuccia, bere le proprie urine, respirare come un pesce ed essere aviotrasportato come un pacco; certe volte sballottato, inspiegabilmente stantuffato in qualche modo in certe rare occasioni in cui ballavo su e giù, certe capocciate contro qualcosa che somigliava ad un grosso fagiolo, per poi rimbalzare sul sedere, quando non erano capriole o sbattimenti mio malgrado, naufragi nella pozza… e che è!

Rari momenti di sonno vigile tuttavia inquieto, una stasi turbata sapendo di venire malissimo in foto con quel capoccione enorme e inespressivo, un alieno acquatico con gli arti di un geco.

E sì! Sono tutte e cinque le dita! «Eccole, eccole» annuncia!

Come risuona insopportabile quello stridire di voci che contano; una sull'altra una più dell'altra più esaltata più felice perché la creatura ce le ha tutte, le ha viste tutte una per una, ha visto che non gli manca niente, che gli è cresciuto anche il mignolo al cocco di casa.

Io ero la terzogenita, venuta per caso a ridosso di un'altra gravidanza. Un errore inconcepibile eppure concepito. Ero abusiva, lì dentro, il locale era vecchio e usato, già stato abitato due volte, pochi stridii credo, nessuna conta delle dita. Più che partorita sarei stata sfrattata.

Non conoscendo altro mi ero assuefatta tuttavia a quei desolanti fondali caldi; be', quando sei lì annegata nella pozza, pensi che quella sia la vita e mangi e bevi e pisci in uno spruzzolio incessante, che ne sai.

Si finisce per installare in quello spazio "mausoleo" un tempo immobile e fermo che annulla il pensiero del tempo che passa.

Furono delle urla a risvegliarmi, mi resi conto allora che ero finita a capofitto dentro una specie di collo di imbuto. Si trattò beninteso di una intuizione primordiale giacché allora non potevo sapere dell'esistenza degli imbuti, tantomeno della loro forma, un canale dentro cui regnava un buio accecante e assoluto, la mia fronte aggrappata, spiaccicata così com'ero contro qualcosa di molle e di teso, addosso certe bordate d'acqua e di muco e di una roba biancastra grassa! Ma che schifo! Cosa doveva accadere? Cosa stava accadendo? Non era una fine giornata come tutte le altre. Stavo scendendo.

Qualcosa stava seguendo il suo corso. Non me ne rendevo conto allora, non avevo ancora letto Beckett.

Troviamo sempre qualcosa per darci l'impressione di esistere.

Nel buco nero dello spazio, come una stella implosa, ero dentro un tunnel stretto, da lì non vedevo la fine, inghiottita in una sorta di cuore umido, nel ventre della terra, compressa in una sorta di eruzione vulcanica o qualcosa che la preparava.

Avevo cominciato a sentire delle voci come echi ma lontane e poi tutto instabile intorno, sciabordio di onde in subbuglio, il monolocale si contraeva spaventosamente e spingeva sempre più di frequente. Immaginai si trattasse dello sfratto, anche perché a un certo punto sentii con precisione una voce strozzata che protestava: «Ma come fa a passarmi un tir da qua sotto!».

Dunque dovevo transitare da lì.

«Spingi» gridava qualcuno, «spingi.» Ma chi? E io spingevo e pure l'altra che poi ho saputo essere la mamma. Urlava come una disgraziata, nonostante una donnetta assorta nelle faccende si affrettasse a tacitarla: «Zaira, eppure sei abituata, questa è la terza!».

Feci del mio meglio, avevo capito subito che avrei dovuto darmi da fare sin dall'inizio.

«Quando senti che spinge, spingi anche tu!»

Chi? Ma a chi dicevano? Presi per me quelle incitazioni. Santo cielo! Impossibile varco strettissimo porta chiusa vago presentimento che non sarebbe stato facile.

«Ha un bel capoccione!» Venni subito smentita, la colpa era mia.

«Non ce la faccio!» gridava mia madre. Fu portata dell'acqua, dei panni asciutti, qualcuno le premeva la pancia con le mani.

«Adesso fai un bel respiro e spingi!»

Chi? Ma chi respira e come? Che non sono né carne né pesce! Bloccata in quella specie di scantinato senza sfiati.

La mattinata si allungava nel pomeriggio.

«Non ce la faccio più» esalò la mamma imbalordita dai dolori.

«Donna! Partorirai con dolore!»

Ridotta quasi a materia inerte sospirò: «Se nasce entro le cinque, massimo cinque e mezza, la chiamo Anna. Sono tanto devota a sant'Anna!».

Fu quell'affidarsi al reparto santi la nostra fatidica salvezza.

Dopo una serie di carambole strozzamenti urti scivolate tirate strattoni e giravolte vulcanici rimescolamenti sulla soglia della vita, fui espulsa alle cinque e mezza di un pomeriggio novembrino, mentre fuori nella tetraggine del terrazzino di casa un geranio aveva perduto le sue foglie. Anche l'ultima tremolante fino allo spasimo era rimasta appesa alla forza oscillante del suo esile picciolo fino a che come lei non era anch'esso morto.

Ero venuta alla luce, ecco la novità, la luce e con essa le forme i colori gli esseri; ero scivolata giù come una fochina dal ghiaccio, di colpo immediatamente dopo un attimo come di apnea, uno strano silenzio o forse una mia sordità: come gli animi tutti gli oggetti di quella casa pareva fossero da qualche tempo in una tensione di spasimo violenta: a toccarli appena appena davano un lamento.

Ero atterrata dove? Ancora legata al mio cordone come un astronauta alla navicella. Si trattava di fare una passeggiata dunque? La prima? Quattro passi sul sublime universo sconosciuto che aveva aperto a me le soglie della vita. Calpestare la polvere lasciare qualche orma di sé, tracce riconoscibili di un passaggio, del resto polvere siamo... E poi? Rientrare?

Galleggiavo dunque interdetta sulla faccia della mia luna come del resto sarebbe accaduto un giorno. Quel giorno tutto il mondo avrebbe guardato con occhi strabiliati un uomo con una tuta bianca uscito da una navicella madre saltellare sulla cipria lunare legato ad una corda che lo tratteneva dallo sprofondare nell'immenso ed essere inghiottito dal nulla. Quel prodigio sarebbe diventato l'evento più straordinario, indimenticabile e indimenticato.

Per sempre la statura di quell'esploratore sarebbe stata quella di un eroe, un equilibrista mitico e unico cui la magnificenza della luna aveva concesso di inginocchiarsi sul suo pallore.

Quell'immagine sarebbe passata alla storia. Nessuno però avrebbe saputo mai che a furia di gingillarsi sulla luna la tuta dell'uomo si sarebbe via via gonfiata sproporzionatamente, aumentata di volume tanto che al momento di rientrare nella navicella madre quell'Orlando curioso non sarebbe riuscito a farlo, inutile spingere, capovolgersi, impossibile rientrare. La tuta ormai tesa al massimo resisteva, lo respingeva un imprevisto insospettabile che si sarebbe annunciato come una tragedia, oltre la soglia l'ossigeno il ritorno a casa, fuori la notte del nulla.

Nel tentativo impari di vincere sulla forza della natura, forse vide l'istantanea della sua vita, dei volti conosciuti che lo aspettavano, l'incubo della condanna a restare lassù dove la vita non c'è. Non sarebbe stato come nei cosmici racconti di Calvino. Lì non c'era niente di poetico.

Con le forze rimaste come un Orlando ormai furioso a ricercare il senno e afferrato alla corda avrebbe tentato di sgonfiare la tuta a cazzotti, appiattendo le sporgenze colpendola abbracciandosi tutto a sé, le braccia inutili e gonfie anch'esse imprigionate, abbattendosi contro se stesso con le ultime sue forze mentre l'ossigeno sarebbe andato diminuendo. Quella sarebbe stata l'impresa titanica e impossibile: nella lotta l'uomo allo stremo si strinse disperatamente gettandosi senza respirare al di là del varco, le braccia tese ad afferrare il vuoto dell'interno, la testa protesa a strappare il corpo dal varco che irrimediabilmente lo tratteneva.

Quando esausto si sarebbe abbattuto finalmente sul pavimento avrebbe ripreso a respirare. Durante quell'operazione estrema in cui avrebbe rischiato la vita il suo corpo avrebbe perso sei kg di peso. Questa la storia della storia che non è passata alla memoria, ma d'altro canto certe invisibili verità sono spesso solo l'ombra di quelle realtà che più volentieri appaiono e vengono esibite come il profilo migliore.

Qualcuno mi teneva tra le mani come un'offerta votiva, ero nuda mi parve di fronte al mistero.

Mi sembrò in quel punto con un qualche senso primitivo di attingere quasi all'eternità così da me, da sola, come ad un senso dell'infinito che si nascondeva nella profondità di qualcosa che forse era l'anima che non conoscevo, eppure mi parve di essermi sentita in quell'attimo eterna.

Ora non sono certa se proprio quello fosse il sentire di quei primi istanti o se memorie future si siano sovrapposte a causa della sensazione che appartiene a certi sentimenti che ti sembra siano lì da sempre, ti appartengano da un infinito spazio di tempo, che siano nati con te.

Ma in un preciso istante la memoria si fa certa infallibile atroce e ahimè dolorosissima. Una cesoiata gelida che sfaceva il mio cordone, una lama affilata sezionava il budello, una coltellata alla pancia alla testa, un dolore atroce che mi fece piangere, urlare. Prima di allora non sapevo farlo. Ecco perché si piange mica perché ti mettono a testa in giù mica è segno che soffri, è segno che soffochi.

Santo cielo, non esiste rito indigeno paragonabile al supplizio di quella lama affilata che senza preavviso taglia il cordone della tua navicella a ridosso della pancia. Ma chi era stato a farmi del male a tradimento? Perché questa usanza, una vera e propria iniziazione? Mi fece pervenire in un colpo solo ad una specie di pubertà del dolore, di emancipazione delle lacrime.

Nulla seppi né saprò mai. Allora tutto si mutò in un indistinto torpore freddo in tutto il corpo e un ronzio perpetuo vicino lontano di mosche sonnolente dentro un nastro di luce livida che dai vetri puntichiati delle finestre sbadigliava sulle nude pareti invecchiate, si stampava polveroso sul pavimento di logori mattoni di terracotta.

E adesso? Avevo già un breve piccolo atroce passato. Adesso le luci erano state spente, era rimasta quella fioca di una abat-jour. Non avevo cessato di singhiozzare solo che ogni tanto mi zittivo: erano il perché e il chi a tormentarmi e quando mi parve che tutto questo si sarebbe trasformato in una piccola disgraziata storia che apparteneva solo a me e non avrebbe avuto alcuna spiegazione accadde un fatto strano, ma non in casa, lontano sotto le finestre, svelandomi l'immaginazione di una strada di passanti che l'attraversavano di una vita che si muoveva del mondo di fuori che esisteva ben lontano dal mio cordone ghigliottinato.

E fu allora che udii forte una voce strana (veniva da un altoparlante seppi poi). La voce di un uomo gagliarda e invitante fulminea e tagliente come l'affondo di una spada. Urlava con un'esuberanza che squarciò la sfera di silenzio e mosche in cui eravamo sospesi: «Donne! È arrivato l'arrotino! Arrota coltelli lame forbici forbicine forbici da sarta coltelli da prosciutto rasoi ogni tipo di lama. Donne è arrivato l'arrotino».

Cominciava a piovigginare. La voce, casualmente può darsi, si fece più suadente più persuasiva: «Donne aggiustiamo anche gli ombrelli. Ripariamo cucine a gasse: abbiamo tutti i pezzi di ricambio. Se avete perdite di gasse noi le aggiustiamo, se la vostra cucina fa fumo noi togliamo il fumo dalla vostra cucina a gasse».

Qualcosa accadde certo dentro di me, era solo l'inizio forse. Tuttavia l'istantanea di quel primo istante avrebbe con ogni probabilità, come l'avvertimento di un senso, svelato che faccia mi avevano dato per rappresentare la parte della viva.

2

Non era dato sapere, non c'era una data precisa, non era prevedibile l'apparizione irregolarmente cadenzata del resto di quello strano figuro umano, un elfo dei vicoli, un minotauro di provincia, un fabbricante di scintille, una bizzarra sirena che scivolava sotto le finestre mentre piccoli tuoni gracchianti annunciavano lo scoppio esuberante della sua cinica e fosca propaganda.

«Donne, è arrivato l'arrotino.»

Quell'invito poderosamente rilanciato dalla sgangherata potenza dell'altoparlante sortiva nel quartiere l'effetto quasi di un richiamo erotico mescolato tuttavia a un certo timore, quel senso di minaccia e di sottomessa gratitudine per chi ti affila armi con cui tu stessa avrai a che fare, rinnovate lame scintillanti con cui sgozzare per esempio i galli.

Quando si fermava sotto le finestre della casa dove abitavamo, in via del Popolo, riscuoteva un successo senza pari.

Un nugolo di donne massaie domestiche in ciabatte si precipitava giù per le scale, attraversava i cortili con le lame da affilare chiuse dentro lo zinale o nei cesti di vimini, talvolta dentro astucci di pregio che custodivano preziosi gingilli, virile passione del padrone di casa.

La mamma non scendeva mai.

Una maestra! Confondersi giù per la strada con tutte quelle donnette che schiamazzavano, urlavano ad ogni eruzione di scintille che quel maledetto congegno sparava!

La mamma non scendeva. Trattenuta anche da un malcelato timore, terrore forse per quell'attrezzo che restituiva ad oggetti domestici il diabolico potere di oggetti contundenti pericolosi da tenere alla portata di tutti, custoditi dentro un cassetto rivestito all'interno con la salvietta a quadretti. E poi non li portava ad affilare «da quello» diceva, lo faceva per risparmiare.

I nostri coltelli non tagliavano mai, nessuno, qualunque ci capitasse; non tagliavano nulla molle duro figuriamoci le fettine di carne. Durante il castigo dei pasti ci accanivamo contro quel nemico di cuoio direttamente con le forchette, ai coltelli avevamo rinunciato da tempo.

Cercavamo di stracciare dei pezzi digeribili, a volte la fettina veniva via per più della metà a volte scivolava fuori dal piatto per la violenza dell'accanimento.

«Aiutatevi col pane» diceva la mamma che aveva messo a punto una tecnica infallibile, teneva la fettina con un pezzo di pane e con la forchetta riusciva a stracciare dei bocconi invidiabili.

Nessuno di noi c'è mai riuscito, alla fine dei tentativi il pane aveva asciugato tutto l'olio e si ammollava, così prendevamo la fettina con le mani e la mozzicavamo direttamente con i denti. Finivamo i nostri pasti sfiniti!

Il babbo non si rassegnava e diceva subito che voleva il coltello.

La mamma gli passava quello del pane, un coltello largo e liscio come una sogliola. La lama era del tutto inefficace non tagliava più da anni; il pane a tavola si spezzava con le mani come all'Ultima Cena. Il babbo s'era ingegnato ad utilizzare la punta, con quella e la forchetta riusciva a finire prima che la fettina diventasse gelata come le nostre.

Non ci fu verso. Noi incalzavamo, la mamma non cedeva, convinta che l'abitudine fosse una grande sordina, sosteneva che tranne che all'ora dei pasti i coltelli non servivano a nulla! Dunque si poteva sorvolare.

Ci fu nondimeno in tutta questa durevole ostinazione un tempo felice, un periodo di sospensione, un nuovo corso, un avvenimento eccezionale che venne a rifornirci di qualche speranza che l'orario dei pasti si svolgesse come nelle famiglie normali. Che non tutto era perduto, che forse un Dio c'era da qualche parte.

La mamma era solita fare la raccolta punti di qualsiasi prodotto li offrisse. Li accumulava per ricevere dei regali.

La raccolta in cui era più avanti era quella dei punti Mira Lanza. Si trovavano le figurine dentro alle scatole di detersivo in polvere, si potevano vincere 5, 10 fino a 50 punti, anche 100, ma quelle noi non le abbiamo mai trovate.

Un sabato di dicembre, il giorno 5 dell'anno 1964, la mamma, che periodicamente li contava, ci rese noto che aveva raggiunto 500 punti ormai sufficienti a richiedere qualcosa di sostanzioso.

Finalmente! Io volevo la penna stilografica, c'era la foto nel catalogo, era di un color verde militare, con il cappuccio nero: la agognavo da anni! Mia sorella invece voleva una radiolina transistor per sentire Radio Luxembourg di notte sotto il cuscino.

La parte maschile della mia famiglia, mio fratello e il babbo, era del tutto disinteressata, venivano tenuti all'oscuro. Quando si trattò di decidere la mamma sbalordì tutti, sfogliò il catalogo e si fermò sulla pagina dei casalinghi e ordinò con una semplicità impressionante un set di coltelli, ma composto non solo di coltelli da tavola ma coltelli di ogni forma e grandezza adatti a qualunque utilizzo anche con la lama seghettata persino un aggeggio buffo per tagliare il parmigiano.

«Questi» disse semplicemente indicando con il dito una piccola collezione di coltelli. Ecco cosa covava! Aveva saputo distillare in mezzo a chimerici ingredienti l'elisir benefico che avrebbe restituito ragione non solo a lei ma a quel tempo che a noi era parso insensato e dal quale la mamma al contrario era uscita illesa, anzi rivendicando sul nostro accorato malcontento una specie di eroismo della necessità. La mamma per anni era rimasta fedele alla Mira Lanza e l'ultima figurina da 50 punti che avevamo trovato aveva accelerato il premio.

Eravamo salvi!

Nella primavera del 1965 Marsilio il negoziante del genere alimentari annunciò alla mamma con una voce per così dire domenicale i premi e le consegnò con gesto abbondante una scatola pesante. Involtata con un incarto color lenticchia.

Facemmo a gara per portarlo a casa, lo tenemmo a turno un po' per ciascuno.

A casa aprimmo il pacco rallentando la nostra frenesia perché la mamma riciclava tutti gli incarti. Eravamo abituati, a Natale facevamo la stessa cosa; per anni abbiamo avuto regali con la stessa carta, ogni anno i pezzetti di vecchio scotch aumentavano. Quando aprimmo la scatola il "set di coltelli da cucina", come annunciava il catalogo, sembrava più piccolo meno ricco più una roba da mercatino che da negozio per regali di nozze.

In ogni caso l'arrivo dei coltelli segnò l'inizio di un periodo euforico quasi tribale.

La mamma ne nascose subito uno, per i tempi più difficili. A tavola ognuno affrontava il cibo più resistente con inaspettata facilità, i piatti stridevano sotto i coltelli, prendevamo male le misure, avevamo dimenticato quanto spingere la lama; i piatti si lamentavano.

Ci tagliammo tutti, a tavola ogni giorno c'era qualcuno con una garza al dito.

La mamma ne approfittava per rimarcare le insidie del pericolo che si nasconde anche al riparo di oggetti familiari.

Ma nonostante tutto non rimpiangevamo i vecchi tempi. Tornammo a mangiare la frutta, erano anni che non ne assaporavamo il sapore perché non si riusciva a sbucciarla. La mamma riprese a farci la macedonia, la frutta era stagionale e noi potevamo assecondare meravigliati i cambiamenti. Crollò il dominio del ciambellone e scoprimmo la gioia della torta di mele.

Ora il pane tagliato a fette troneggiava al centro del tavolo dentro un cestino; le fette allineate l'una sull'altra riposavano sopra una salvietta bianca. Era un piacere guardarle. Avevamo una specie di timore ad allungare la mano, temevamo che nel prendere una fetta quella sarebbe scomparsa. Che giubilo fu quella stagione. Dev'essere stato qualcosa di simile all'invenzione del fuoco fra i primitivi, che con i cibi cotti impiegavano un terzo del tempo a mangiare!

In quel periodo chiusa in cucina la mamma si azzardò persino a cucinare il roast beef, dopo tanto tempo ora aveva il coltello per affettarlo.

Due anni prima l'avevo scoperta sudata e spettinata mentre cercava di affettarlo prendendolo a forbiciate. Si era accanita per un bel po' inutilmente, c'erano schizzi di olio ovunque. Ebbe l'idea di utilizzare la mezzaluna, riprese con buona lena di nuovo, ma quella era già spuntata quando la nonna ce l'aveva passata.

Pur di non buttarlo allora, Dio ce ne guardi!, aveva avuto l'ispirazione di bollire la punta di un cacciavite per disinfettarlo e poi l'aveva conficcata dentro il pezzo di carne, si era guardata intorno, poi per intuizione aveva preso un martello, si era aiutata con quello per riuscire a tagliarlo. Assatanata aveva sferrato una scarica di martellate con una disperata e instancabile premura, alla fine dell'opera la sua testa riccia e scombussolata sembrava quella di una Erinni.

Ne risultò un piatto di scaglie di carne dalle forme improbabili che la mamma riscaldò e a cena fece passare come spezzatino. Era un piatto inusitato, mai visto, quasi non servivano coltelli, tuttavia lei non ne prese, disse che ne aveva abbastanza.

Durante gli anni dei coltelli felici ad un ritmo costante sentimmo la voce dell'arrotino, sorgeva dalla strada come una provocazione, la propaganda dell'arrivo del Circo, il banditore, il venditore di unguenti, il rifornitore di armi, ma anche il vendicatore.

La mamma non scendeva, tantomeno

ora anzi quasi se ne risentiva. Io al contrario non potevo evitarlo, quel richiamo, rimanevo ad ascoltare dietro la finestra: senza il coraggio di guardarlo, senza sporgermi, non mi affacciai mai. L'arrotino io non l'ho mai visto, l'ho immaginato però in tante maniere.

Pensavo che arrivasse con una bicicletta con una tavola per gli attrezzi fissata sul manubrio poi l'ho immaginato in una specie di triciclo per adulti con due grandi ruote dietro, l'ho immaginato in una vecchia ape con l'altoparlante sul tetto arrugginito; o, poteva darsi, in un furgone aperto, non riuscivo a immaginare gli attrezzi di quel mestiere se non una ruota d'acciaio che esprimeva una potenza in grado mi pareva di squarciare la crosta terrestre, di assoggettare qualunque lama pugnale spada falce accetta, mi pareva, quando reclamava le donne col suo vanto di voce, che tutti dovessero avere bisogno di lui per sempre universalmente e che in fondo lo temessero da sempre. Rinserrata tra le tende e il vetro immobile come un'effigie dentro un velario vedevo quel figuro che arrotava coltelli e forse restituiva le lame infilzandole una ad una contro i portoni disegnando il perimetro di massaie immobili e irrigidite, i pugni stretti con i soldi in mano. Quell'uomo io lo ingrandivo cento volte perché mi aveva colpito fin troppo nella mia solitudine diciamo così... filosofica.

Da secoli, nella storia, in tutto il mondo un arrotino avrà affilato spade lame falci pugnali fioretti ghigliottine.

Improvvisamente qualsiasi esecuzione,

duello del passato, qualsiasi battaglia, le guerre Puniche, le Invasioni dei Barbari, la guerra Santa, i tre moschettieri, Garibaldi, tutti avranno avuto bisogno di un arrotino; sotto il cappuccio del boia di Robespierre si sarebbe potuto nascondere l'arrotino che faceva il tagliando alla sua lama.

L'arrotino invadeva la mia immaginazione ed essa rivedeva la storia, le storie tutte o quasi, legate da un obbligo a quello. Sartorie parrucchieri chirurghi macellai contadini taglialegna calzolai giardinieri; mi opprimeva mi soffocava la schiera dei suoi discendenti simili ad eroi che mi figuravo tutti in coda davanti all'arrotino in attesa che il proprio attrezzo tornasse a funzionare.

L'impero del male mi appariva nelle sue mani, emergeva riaffilato dai suoi attrezzi che facevano scintille e urlavano, sibilavano in modo spaventoso.

Tuttavia non era soltanto quel tono imperioso di lui ad inquietarmi, quel bando con cui avvisava che lui affilava i coltelli, i pugnali, era l'ambivalenza che conteneva quell'avvertimento. Difatti senza preavviso il tono di lui mutava, la sua voce si faceva collosa persino seduttiva aggiungeva infatti come per tranquillizzare, come per farsi perdonare, perché ci si fidasse di lui, una offerta innocua anzi provvidenziale, e quasi con inattesa remissione – come non cedergli? – rilanciava: «Donne, aggiustiamo anche gli ombrelli qualsiasi utensile rotto cucine a gasse».

Be' ma questo è il marito ideale, è l'uomo che ti toglie il fumo dalla cucina! Ma come resistere a tutta questa manovalanza riparatrice, a queste cure? «Qualsiasi utensile rotto!», quello aggiusta tutto, pure le perdite idrauliche, niente paura! La cucina, gli utensili e molto di più. Ma questa è la panacea!

Se solo l'avesse rivelato subito, se si fosse annunciato così l'avremmo fatto persino entrare in casa l'avremmo accolto ricoperto di ombrelli cianfrusaglie gli avremmo affidato la cucina gli avremmo dato fiducia se, solo, avesse mostrato per primo questa evidenza questa faccia colma di promesse. Ci avrebbe sedotto, attratto. Ci avrebbe convinte. Saremmo cadute tra le sue braccia perché ci avrebbe egli stesso ispirato una tale fiducia, avremmo creduto qualunque cosa, avremmo taciuto sui suoi attrezzi di lavoro pericolosi, si sarebbe fatto perdonare e noi saremmo rimaste lì anche se ci avesse accoltellate perché non ce lo saremmo potute aspettare...

Adesso era sceso il silenzio. Mi ero sorpresa con uno sguardo storto e freddo che subito m'era rientrato negli occhi strisciando come una serpe. Una strepitosa volata di colombi era andata a posarsi sopra i tetti delle case di fronte frugando. Quel sussulto improvviso ruppe la coltre di gesso in cui i miei pensieri avevano rinchiuso la mia innocente immobilità.

3

Sono stata l'unica bambina al mondo a conoscere l'uomo nero.

Nel secolo scorso le mamme nello sforzo delicato e oneroso di educarci ci raggiravano con diverse suggestioni allo scopo di farci obbedire. Ebbene spesso esse furono in grado di rovinarci l'infanzia, ma anche troppe volte il futuro. Per convincerci ad obbedire la minaccia più spaventosa era rappresentata proprio dall'arrivo dell'uomo nero.

Quello poteva arrivare a comando ogni volta che si commetteva qualcosa che non andasse bene ai grandi, la suggestione più subdola che potevamo subire tuttavia fu sicuramente la panzana dell'esistenza del Principe Azzurro.

L'abbiamo sbattuta un po' tutte la testa con un qualche belloccio che sventolava il pennacchio con la ridicola conseguenza di renderci conto troppo tardi che il presunto principe casomai coincideva proprio con l'uomo nero, che dunque esisteva eccome.

Non so come dire ma il fatto di averlo visto e di ritrovarlo ogni sera al suo posto in fondo avrebbe potuto depotenziare il suo potere di minaccia, tuttavia averlo fatto diventare una certezza continuamente controllabile aveva conferito all'uomo nero quasi la potenza monolitica di un monito grave minaccioso e ineluttabile pari al più estremo il più crudo «Dovete morire».

Significativi gesti a scopo ludico ma anche salutare, al sopraggiungere delle giornate primaverili, con mamma arrancavamo nelle campagne più sperdute lungo luoghi solitari e remoti per goderci le imperdibili gite cimiteriali, visite guidate da una risicata combriccola di paesani, ma anche autogestite.

Tutti i nostri parenti erano stati contadini perciò potevamo vantare un discreto numero di morti sparpagliati un po' ovunque nelle accoglienti terre della campagna umbra.

Sperduto, qualche fiordaliso rimasto indietro che annunciava l'immensa distesa dove si infrangevano le messi e la vista di un solo papavero che si innalzava in cima al suo stelo e lasciava sferzare al vento la sua rossa fiamma sopra il suo salvagente untuoso e nero mi faceva battere il cuore, poiché prima che io mi lasciassi sconfiggere dalle croci mi ricordava sommessamente che era primavera anche se passeggiavamo sull'eterno!

Il camposanto di campagna non ha nulla a che vedere con i monumentali e funerei cimiteri di città.

Si tratta perlopiù di un semplice fazzoletto di terra arida senza recinzioni che si differenzia dal resto dei campi per la fitta insorgenza di filari di semplici croci di legno che spuntano in mezzo a ciuffi di margherite selvatiche, qualche papavero sventolante e pendulo, una selva intricata di rovi spinosi abitati da lucertole, coleotteri agitati in perpetuo movimento che entravano e uscivano dai buchi come condomini sui terrazzi alle finestre a sgusciare dalle porte, in netto contrasto con la fissità delle case delle lapidi di pietra ciascuna adorna della foto del defunto che guardava fisso l'orizzonte al limitare della macchia.

Immobilità e silenzio e mosche.

Le date incise sulla pietra facevano capo al 1800. Le foto in bianco e nero mostravano adulti in salute e ben vestiti, la fotografia, ci spiegò la mamma, veniva fatta con largo anticipo e proprio appositamente per quello scopo lì.

Uomini col cappello buono e la barba fatta, giusto qualche vecchina con gli orecchini pendenti la cui foto era stata strappata a metà separandola da quella del marito sepolto proprio lì accanto, come mostrava la foto che nella sua metà lasciava intravvedere un triangolino della stoffa del vestito a fiori dell'Adalgisa, la moglie che nella foto intera lo teneva a braccetto.

La mamma li conosceva tutti i poveri morti, se non veramente, per sentito dire e ogni volta ci ripeteva come una giaculatoria vita morte e misfatti dei defunti.

Erano ore di noia festiva, storie di vita scadute e di gente che non riuscivamo neanche ad immaginare, racconti che non ricordavamo nonostante la mamma ci avesse interrogato nel mese di novembre.

Ce li presentava con un'enfasi immediata, come se li inventasse in quell'attimo stesso. «Ecco la salma di Pellone, tredici figli ha fatto, è vero nè?» Perché ci parlava lei con quella foto in bianco e nero con le guance ritoccate con il rosa.

La mamma parlava un po' con tutti anche con quelli che non conosceva, tant'è che glielo chiedeva: «E voi chi siete?» – un tipo con un testone raso e la cotenna ridondante sotto la nuca – «che non vi riconosco?». Ma poi non si sa come forse grazie a qualche suggerimento delle zie contadine che venivano al seguito, «Ah, Moreno», sicché si ricordava, capiva, chissà, ma di certo vista così dal di fuori pareva che quello da là le rispondesse.

Alcune coppie erano state seppellite insieme uno accanto all'altra, si capiva dalle fotografie. La mamma ci raccontava la storia di ognuno, anche quella di Stelvio – una faccia smilza con gli occhi tra i peli – che la moglie l'aveva persa «perché l'aveva ammazzata lui, eh», ma perché l'aveva tradito col fratello accovacciata dietro il pagliaio che non era neanche al tramonto, e lui aveva ingroppato il fucile da caccia con le cartucce a pallettoni per i cinghiali e l'aveva fatta fuori.

Per trovare riparo da quei racconti di donne che avevano partorito nella stalla mentre mungevano, di mariti alcolizzati e di reduci di guerra mutilati o di Cencio che aveva avuto una figlia dalla moglie e una dalla figlia, io e mia sorella migravamo a raccogliere le margherite e minuscoli rametti di myosotis che crescevano nascosti nelle crepe dei muretti, immaginavamo piccole farfalle azzurre dai voli rapidi e così allegri, così felici, librate ad appena un metro dalla terra dove uno stuolo di defunti riposavano con gli alluci rivolti alla luna.

Ogni tanto ci imbattevamo in piccoli tumuli di terra monticelli spogli tutti uguali: la mamma ci spiegava che c'erano dei bambini morti lì sotto.

«Ma perché i bambini possono morire?» chiedevamo, non potevamo sopportare in alcun modo che ci venisse strappata la certezza che la morte arrivasse solo da vecchi.

«Ma certo, guardate questo, è morto di morbillo, questa di malaria, quello di tubercolosi, quello di tetano, questo è caduto sotto il trattore» e via snocciolava una serie di tragedie di orrori con una disinvoltura e una familiarità da guida turistica lasciando con ingannevole crudeltà che la falce della morte decapitasse anche la prospettiva certa che il futuro ci appartenesse.

Le tombe erano scarne senza fiori oppure con i fantasmi dei mazzetti lasciati in piccoli vasi dal mese di novembre, su alcune c'erano vecchi lumini che le intemperie avevano trasformato in oggetti indistinti storti bitorzoluti spampanati squagliati e poi condensati dal freddo e dalla pioggia lontanissimi dalla loro forma originale.

I cumuli dei bambini erano completamente deserti vuoti abbandonati come se lì sotto non vi abitasse più nessuno.

Io e mia sorella ci davamo da fare a cercare fiori ma più per fuggire all'angoscia di quelle morti che per il desiderio di addobbarle. La primavera al cimitero – perché non basta novembre!

Strappavamo papaveri, erbe selvatiche, la terra era arida, brulla, a prenderla in mano si sgretolava subito si trasformava in polvere eppure a poco a poco questo era diventato il nostro gioco preferito, raccogliere un pugno di terra stringerla tra le mani sentirla franare diventare polvere e poi aprire il pugno. E poi scrutavamo con occhi avidi simili a cercatori d'oro se la terra polverizzata aveva trattenuto nascosto il suo segreto: infatti a volte dalla terra spuntava una piccola conchiglia bianca con una forma allungata fragile e friabile come la terra affusolata come un piccolo corno affusolato e circondata da piccoli cerchi lisci e gobbosi. Quando la trovavamo, eravamo piene di meraviglia perché come ci aveva spiegato la mamma avevamo trovato la prova che tanti milioni di anni prima lì c'era stato il mare.

Questo imprevedibile pensiero così opposto all'eterno così immaginifico eppure vero, un potere salvifico, un universo infinitamente sconvolto, trasformava nell'immaginazione quella città morta e desolante strappava le sbarre all'orizzonte allagava le croci e i tumuli le storie i lumini deformi le borse di nappa delle zie contadine i bambini senza nome il futuro inghiottito. Finalmente una gigantesca ondata giurassica, quell'oceano felice potente e lontanissimo, trasformava il lamento muto e straziante di quei morti sepolti in una fragorosa consolante omerica risata.

Non fu altrettanto possibile da esorcizzare la terribile minaccia dell'uomo nero.

L'uomo nero è l'asso nella manica del genitore impotente che non è in grado di intervenire in momenti topici ed evoca dunque quella figura minacciosa con la speranza che soltanto la paura sia in grado di ottenere l'effetto desiderato.

Con noi la mamma era andata molto oltre questo già discutibile metodo, lei infatti l'uomo nero ce lo aveva fatto vedere.

Per lei in qualche modo l'uomo nero non svolgeva una funzione di minaccia ma doveva rappresentare una certezza, non c'era bisogno di evocarlo poiché quello già era a conoscenza di tutto. Lo aveva collocato infatti proprio sul tetto di una casa quasi dirimpetto alla nostra.

Ogni sera dopo aver fatto spese dal fornaio, imboccavamo il vicolo che conduceva a casa, in fondo al quale la mamma aveva allocato l'uomo nero.

Io e mia sorella affrontavamo il vicolo stretto senza finestre accese come il tunnel della morte: a testa bassa col passo pesante sentivamo incombere, esattamente a metà del tunnel, la voce della mamma che ci invitava ad alzare la testa e a guardare su, sopra il tetto della casa sulla strada all'incrocio.

Ogni volta speravo che incontrassimo qualcuno, che accadesse un incidente un imprevisto un malore un richiamo da una qualche finestra una dimenticanza che ci costringesse a tornare indietro, la telefonata del giudice che annunciava la sentenza in extremis!

«Alzate la testa e guardate se c'è l'uomo nero anche stasera.»

Era una richiesta crudele posta col tono pedagogico di chi sa che lo fa per il tuo bene.

Resistevamo a testa bassa fino allo stremo nel tentativo di ritardare quel momento inevitabile una consuetudine crudele contro cui non avremmo potuto nulla. Eravamo al centro del vicolo dentro un buio fitto stenebrato solo da un lampione pallido, proprio in fondo all'incrocio con la strada.

Dal tono della mamma sapevamo che lui era lì, inutile rimandare. Allora alzavamo la testa lentamente, lentamente andavamo al patibolo a piedi scalzi incontro al nemico e immancabilmente sopra il tetto di tegole brune si stagliava la figura di un uomo a mezzo busto dal profilo affilato quasi metallico che scintillava in un modo agghiacciante; nelle notti di luna quando si alzava vento, si sentiva oscillare una sorta di miagolio agghiacciante come se ruotasse su se stesso.

Non aveva nulla di umano al contrario lasciava intravvedere una specie di elmo scarno eppure quella mancanza di un volto quella sua fissità quell'apparizione tutto ci terrorizzava.

Come si spostava, scendeva da lì? E che faceva, che diceva? Conclusi che erano le stesse domande che mi ponevo per l'arrotino che del resto non avevo mai visto.

Poteva darsi avesse a che fare con lui addirittura o che fosse proprio lui l'arrotino.

Nell'esuberanza che assume il pensiero immaginifico attizzato dall'eccitazione della paura quel volto poteva assumere quello di chiunque, il volto non volto dell'arrotino! Il volto non volto anche dell'uomo cattivo.

C'era, c'era anche quella sera dovemmo ammettere. Alla mamma quella sottomessa e sconfitta ammissione confermava la fierezza del fatto che come sempre lei non ci avesse mentito, che era tutto vero per noi di fronte all'inesorabile domanda.

Ma perché la mamma era in combutta con un simile figuro e perché si serviva di lui?

Conosceva il suo volto? Perché comunque da noi non l'aveva mai fatto venire?

Andava sempre così quando ero piccola, certe immagini certi odori o magari il riflesso di luci o una particolare aria mi davano un'emozione particolare.

Altrettanto e di più, inutile a dirsi, la visione di quell'uomo che campeggiava immobile lassù nel tetto perché nascondeva al di là di ciò che vedevo qualcosa che mi invitava a cogliere ma che malgrado i miei sforzi non arrivavo a scoprire.

Quella cosa sconosciuta che si avvolgeva di una forma e di un'ombra la riportavo a casa protetta da un rivestimento di immagini e di pensieri e di timori sotto i quali l'avrei ritrovata viva, come i pesci che quando si va a pescare si mettono nel cestino e si ricoprono di uno strato di erba che preserva la loro freschezza fino a quando si arriva a casa.

Così se non c'era stato di meglio, tutte le notti l'immagine di quell'uomo mi perseguitava a partire dalla sua stessa realtà, la sua identità.

L'uomo cattivo, il nemico che non conoscevo prima di non averlo saputo riconoscere come l'arrotino.

L'arrotino, l'uomo nero – che di certo era armato – il boia incappucciato si stagliava come se emergesse da una specie di camino tutto nero, pareva avesse indosso una tunica nera simile a quella di certi tagliagole con le lame arrotate e il volto coperto.

Santo cielo, la paura e la immensa curiosità l'immaginare tutto che non si esaurivano nell'attimo della visione!

Il pesce portato a casa nel cestino ricoperto di foglie scatenava soprattutto di notte una inquietante serie di congetture.

Così quell'anima nera in agguato sul tetto si modificava e si adattava all'urto del tempo dei secoli in cui la mia immaginazione indenne appena appena delirante la faceva vivere.

Il suo muso incappucciato come un boia come quello spietato e vendicativo del Ku Klux Klan un barbaro con le armi affilate un Unno un Visigoto un sopravvissuto riciclato come spauracchio a Orvieto. Uomo nero anima nera esiste dunque senza un volto.

Una lugubre tunica nera lo avvolgeva tutto, lo faceva apparire un gigante partorito dalle tenebre, una minaccia oscurata, un vendicatore solitario, oppure il fedele di una setta munito di armi affilate – «Donne!» – un guerrafondaio armato di sciabola. La mia immaginazione centuplicava il suo potere perché minacciava direttamente la mia sicurezza fino a rappresentarmelo come uno spietato carnefice che puniva gli infedeli peccatori decapitandoli con la sciabola in nome del padre e delle sue leggi cui tutti dovevano sottostare un boia un miliziano, un Isis.

«Donne! È arrivato!»

Tale iperbolica anticipazione profetica addirittura rivela una certa ipertrofia della memoria.

Con una buona dose di probabilità con la luce del giorno nell'ora del ritorno da scuola, ripercorrendo la stessa strada della sera precedente, il panorama mutava come uno stormo rapido in volo che aveva svolazzato intorno al pensiero, al dubbio che quell'incubo che abitava sopra il tetto non paresse altro che un camino. Ma poi il buio, il potere degli adulti, il loro ispido rigore nonché il velo di mistero che avevo permesso vigliaccamente avvolgesse il volto dell'arrotino e l'ostinazione ad ignorarlo avevano tuttavia concesso che quello stesso fantasma si potesse impossessare di chiunque.

Tuttavia ogni giorno innumerevoli persone attraversavano quel varco rischioso ambiguo, eppure tutte quelle facce che mi passavano davanti – potevo osservarle dalla finestra di casa – portavano scritto così ingenuamente e così sinceramente tutto il loro egoismo, la loro impudenza sempliciotta, tutta tutta la vigliaccheria delle loro animucce, tutta la meschinità dei loro piccoli cuori.

Non così per me; al contrario il mistero che ha l'immenso potere di respingerti ma pure quello di non lasciarti andare lasciava intatta al suo posto tutta l'architettura fantastica confusa con le domestiche geometrie di una realtà costruita non tanto per punire ma addirittura scoraggiare. Perché il pericolo è sempre in agguato.

«Donne!»

La mamma mentiva? Una domenica nel mese di novembre raccolsi tutto il mio coraggio e decisi di parlarne durante la confessione. Dopo infinite esitazioni chiesi al prete: «Esiste l'uomo nero?». Attesi con ansia il responso, in ogni caso mi avrebbe deluso: se esisteva, la paura sarebbe rimasta, se al contrario non esisteva, avrei scoperto che la mamma mentiva.

Il prete parve a suo agio, mi rispose con una certa dolcezza. «Stai tranquilla, cara, codeste sono storie che si raccontano ai bambini piccoli che non hanno ancora una coscienza. L'uomo nero non esiste, stai tranquilla cara, tuttavia per impedirci di cadere nel peccato esiste il demonio, cara, il demonio che ci spinge al male e poi ci finisce con il suo tridente affilato, ci fa precipitare nella sofferenza nel senso di colpa oppure ci ghermisce con le sue armi arrotate e ben affilate.»

«Dài! Donne!»

Rimasi attonita quasi con l'anima sospesa e poi come dopo un violento uragano lievi nuvole vagano, indecise, pensieri eterni, memorie, memorie smarrite, impressioni, impressioni lontane si affacciarono allo spirito senza precipitarsi tuttavia.

Mai avessi preso quella decisione, non

aveva fatto altro che semplificare la paura l'ambiguità il mistero; ovunque volti segreti chiusi dentro simboli sempre più potenti e sempre armati.

«Donne!»

Il non volto nemico e pericoloso che mi faceva paura e che mi rifiutavo di conoscere prendeva corpo dentro universi simbolici sempre più minacciosi.

Troppo, troppo per me; dietro ogni arma, ogni minaccia ormai si nascondeva il volto dell'arrotino. L'arrotino il fornitore di maceti l'affilatore di sciabole il limatore di frecce coltelli tridenti armi del nemico oscuro in grado di fare del male.

Le proporzioni che aveva assunto l'arrotino e i suoi fantasmi fuori misura rischiavano di allagare quasi ogni aspetto della vita quotidiana e soprattutto di quella immaginifica.

Mi sforzavo di pensare che fosse così perché ero piccola e che quando fossi diventata grande il tempo avrebbe allontanato queste legittime fantasie, sarebbe venuto ad interporsi tra la suggestione e la realtà.

Ma temevo che tra l'illusione e la realtà si nascondesse proprio la verità.

Basta, basta, avrei capovolto la prospettiva, la vita non si lascia mettere sotto spirito, avevo cattivi maestri, non avrei dovuto ascoltare la voce della parrocchia, né quella della famiglia; centinaia di arrotini sarebbero continuati a passare sotto le finestre ovunque mi fossi rifugiata, e io li avrei ignorati il mio spirito sarebbe rimasto illeso.

Avrei ignorato armi omicidi violenze,

l'arrotino non poteva essere il boia della mia esistenza, così come con l'avvento della bassa marea si sarebbero ritirati i Visigoti, le invasioni barbariche tutte i guerrieri della guerra santa, nessuno avrebbe più tagliato la barba. Cesari pirati invasori castrati dalla loro forza lucente, quella stessa che un uomo esibisce contro la donna con cui vive e magari ha fatto figli.

Avrei vissuto al sicuro con l'illusione di evitare i pericoli, almeno quelli esterni, perché quelli che vengono da noi stessi ci sorprendono e non possiamo evitarli.

Demonizzando un mondo di carnefici e vittime il cui sogno riempiva le strade e falciava teste e corpi con indifferenza.

No, nella mia vita avrei costruito cattedrali di grazia e bellezza, ignorato ciò che mi turbava, sarei stata la padrona della mia vita senza confessionali senza ricatti e senza brutti incontri, il tempo mi sarebbe stato amico, mi avrebbe regalato una vecchiaia serena non importava quanto lunga.

PARTE SECONDA

È arrivato l'ombrellaio

4

Maddalena era scivolata giù tra le cosce della mamma trasportata da una sorta di brodo caldo e grasso che era sgocciolato fuori della brandina sul pavimento gelido della cella. Nel momento stesso in cui la mamma era morta (gli sfinteri l'avevano lasciata andare) era nata Maddalena.

Non aveva pianto nemmeno un pigolio per un bel po' di tempo così nessuno si era accorto di lei, nessuno l'aveva raccolta e poi...

In seguito era stata sballottata lasciata trasferita momentaneamente accolta poi espulsa parcheggiata abbandonata affidata per brevi periodi poi depositata in orfanotrofio dove almeno era andata a scuola.

Non conosceva nessuno neanche il nome della mamma; col tempo anche il suo si era trasformato. Tutti la chiamavano Lena, nessuno aveva mai sprecato fiato a pronunciarlo per intero.

Era cresciuta al freddo, il suo aspetto non corrispondeva alla sua età in nessuna stagione della sua vita; del resto costretta a rimanere chiusa per tanto tempo in un ventre di maiolica come un confetto in una scatola, ecco, si era così tremendamente invecchiata prima ancora che nascesse.

Aveva perduto l'infanzia senza piangere

mai, le pareva di ricordare. Stringeva nel petto un cuore arido come un pezzo di sughero.

Più avanti prigioniera nell'orfanotrofio quasi sempre dedita a solitarie occupazioni non aveva preso alcuna dimestichezza con i ragazzi della sua età, così quando era giunto il tempo dei richiami sentimentali, Maddalena si era prestata appena a qualche timido tentativo; non si sentiva a suo agio nell'amore lei.

Nessun abbraccio nessuna carezza mai nessun affetto stabile l'avevano cresciuta, l'avevano meritata.

Parlava molto poco, mai di più, pareva arrivasse da molto lontano. Dalle poche parole che le avveniva di pronunciare qualcuno intorno a lei era giunto a pensare che il suo spirito a poco a poco si andasse a vestire di una scorza di stupidità.

No no, povera Maddalena! C'era stato un tempo in cui aveva indagato; sentiva il bisogno di dare luce a quel buco nero da cui era stata espulsa.

A volte aveva il pensiero del da dove venisse, chi l'avesse concepita, perché avesse vissuto come una bestiola uscita dall'uovo nel nido di qualcun altro e mai riconosciuta...

Nulla e nessuno era stato "suo qualcosa", sua nonna suo babbo sua bambola, casa sua.

Era come un testimone nella vita; ma nulla le era mai appartenuto, mai.

I suoi ricordi erano molto confusi, il mondo che l'aveva circondata sfilava sgangherato popolato di facce anonime, una sorta di macabro balletto in cui tutti la guardavano ma nessuno la vedeva veramente.

Nella commedia che qualcuno l'aveva chiamata, chissà perché, a recitare lei interpretava il ruolo dell'orfana.

Orfana la chiamavano a scuola con malcelato disprezzo come fosse stata una colpa.

Ma c'era di più, talvolta aveva la sensazione che parlassero di lei senza volersene far accorgere.

Bisbigliavano confabulavano tra loro e la guardavano con certi perfidi sogghignetti sulle labbra. Allora la assalivano pensieri inconseguenti, peripezie immaginarie che seguiva con passione.

Un pomeriggio la madre superiora del

collegio la mandò a chiamare, doveva parlarle, ormai era diventata maggiorenne, sarebbe stata affidata ai servizi sociali perciò era necessario che conoscesse almeno parte del suo passato.

Maddalena lasciò la sua camerata, si avviò svogliata, eccola ritta come una statua di santa nella sua nicchia incorniciata dall'arco che ingressava al lungo corridoio in fondo al quale si apriva nell'oscurità lo studio della madre superiora.

Maddalena non aveva mai coltivato in tutta la sua breve vita alcuna inclinazione alle illusioni, tantomeno a qualsiasi eventuale soddisfazione sentimentale.

Finestre affacciate sul cortile cadenzavano, segnavano il passo incerto di Maddalena lungo il corridoio.

Appena di fronte la porta di legno massiccio, bussò senza enfasi, non udì risposta, perciò aprì piano si affacciò; in fondo alla sala gelida seduta col rosario tra le dita, in ombra, apparve la figura di una donnetta piccola smilza, con un'espressione curiosamente irritata.

Tra le lunghe labbra sottili la saliva le friggeva, batteva di continuo le palpebre sugli occhietti neri e furbi da furetto. La stanza gelida e spoglia prendeva luce da due grandi finestre che però si affacciavano sul muro di cinta dell'enorme edificio, cosicché dentro era quasi al buio. Maddalena ebbe come un brivido.

«Siediti, Lena» baritoneggiò la vecchia con una voce che sembrava provenire dallo spirito di qualcuno che ella avesse ingurgitato, «quello che ho da dirti non ti piacerà. Ma nella vita non siamo sempre noi che decidiamo gli accadimenti. Dunque prima che tu lasci il collegio devi sapere quel poco di te e del tuo passato che ti ha portato qui.»

«È proprio necessario?»

Maddalena non appena aveva iniziato ad avere coscienza di sé era andata convincendosi che la sorte l'avesse in antipatia o peggio le si fosse messa contro da sempre, che congiurasse contro di lei.

Tant'è che faceva tutto in fretta non pianificava nulla, in qualche modo giocava a nascondino sperando di non farsi trovare mai.

Affrontava le dure necessità della sua già dura esistenza al più presto per levarsene il pensiero.

Il pensiero stesso della sua esistenza, del

suo stare al mondo, si era andato cristallizzando intorno al massimo dell'inconsistenza, il vuoto che la precedeva, l'assenza di ogni forma di vita di memoria di contatti. Lei era una senza famiglia; non aveva più importanza come e perché.

Maddalena esisteva per se stessa anche se questo non aveva alcuna importanza.

Non le piaceva quella convocazione che le avrebbe rivelato ciò su cui si era da sempre seduta perché non saltasse fuori, mentre ora la madre superiora si dava da fare a disseppellire cosa poi? Quello che nessuno era mai stato in grado di raccontarle.

Avrebbe voluto fuggire subito, del resto era avvezza a prendere decisioni all'improvviso per non dare tempo al caso di mandarle tutto a gambe all'aria. Si sedette.

La superiora riprese con un'aria di sussiego da diplomatico che voleva far intendere che stava esercitando tutta la sua memorabile pazienza.

«Lena non sai nulla delle tue origini, vero? Tu sei nata nella cella di un carcere dove era rinchiusa tua madre con l'accusa di omicidio, si chiamava Margherita, è morta mentre tu nascevi» addolcì la voce accennando un sorriso, le sembrò in questo modo di ritrarre la ragazza dal precipizio a cui con quella brusca rivelazione si era assunta la missione di spingerla.

Maddalena non rispose, avvertiva il pericolo, un tremore simile a quando il rumore di una bomba che sta per esplodere ti sfiora da vicino e intorno non intravedi alcun riparo.

«Tua madre era stata accusata di aver ammazzato tuo padre, ma era in attesa di processo quindi non possiamo sapere se fosse davvero colpevole, al contrario poiché tua madre si professava innocente noi siamo propense a credere che la grazia del Signore le abbia tenuto una mano sul capo.» Parlava senza convinzione, al contempo si stropicciava di continuo le mani sotto il mento quasi per lavarsele alla fontana della sua dolciastra grazia melensa.

Di tutto quello che seguì Maddalena non ascoltò nulla, la superiora seguitò a parlare degli studi e della necessità di imparare un mestiere in forma di gelida commiserazione, allo stesso modo come aveva dipanato la scarna matassa della sua miserabile vita.

Maddalena sembrava indifferente, tentava con tutte le sue poche forze di impedire che lo scompiglio del proprio spirito s'aggrappasse in quel sentimento d'odio che le sorgeva, spontaneo e prepotente per dominare, per soffocare l'inquietudine della sua coscienza.

Di fronte a quella che la superiora giudicò inerzia di Maddalena, si convenne di riparlarne e porre un po' di tempo in mezzo.

Maddalena si mosse animata da una sorta di doloroso sollievo, senza parlare si avviò all'uscita. La superiora le arrancava accanto con lenti brevi passetti da pernice. Fu in quegli istanti che si rese conto che dentro quella stanza dove le mancava il respiro stagnava un tanfo indefinibile d'appassito.

Tornata in camera Maddalena non si contenne più, perse il controllo di sé. Iniziò ad agitarsi, il suo corpo oscillava, sbattendo da una parete all'altra contro il muro trascinando con sé qualsiasi oggetto si trovasse al centro di quell'uragano. Maddalena si agitò senza sosta; un movimento che si fece via via ipnotico, raffermo, che consentiva in qualche modo l'immobilità.

Lottava tuttavia Maddalena o almeno si illudeva, con ogni probabilità temeva che quelle parole colate con apparente parsimonia, impersonale freddezza nel suo cuore passassero allo stato solido, vi si indurissero come incrostazioni, la lacerassero, non si muovessero più.

Si agitava come una bestia cui la trappola ha appena sbarrato l'entrata, come accecata, la sua faccia stravolta pareva una maschera.

Sulle gote, sulle tempie si allungavano certe grosse ciocche di capelli che parevano lingue di cenere bagnata. Sbatté a terra mille volte una sedia finché si ruppe nell'urto. Di colpo si immobilizzò in affanno, una sorta di abbandono, di inerzia, sfinita, come se non vi fosse più spazio per muoversi, per rigirarsi. Il silenzio calò come una rete a intrappolare la bestia. Maddalena si guardò, guardò il suo corpo, era finita a terra precipitata con un tonfo insieme al tavolino.

La stanza vista da quella prospettiva sembrava piuttosto un obitorio per via di quella lucina rossa dell'allarme sempre accesa sopra lo stipite della porta, che fuori dall'obitorio vuol dire che dentro c'è una salma in attesa.

Si sentiva stanca, confusa sbalordita di

sé, di quello che era accaduto, come un giocattolo rotto, cercò di tirarsi su. Riuscì appena ad issarsi seduta sotto il davanzale della finestra, la testa sbucava fuori, al di sopra del davanzale come una pianta appassita. Le veniva pure da ridere. «È sempre lo stesso» si disse, «come quando muore qualcuno. Tante cose da sbrigare all'inizio poi più nulla.»

Si era sentita tutta rimescolare e la rabbia raffrenata si era come irrigidita in lei in un disprezzo freddo, in quella sorta di maschera di indifferenza dispettosa.

Le pareva che soltanto adesso le si chiarisse, ma stranamente, il significato degli oggetti; li esaminava, ne concepiva quasi l'esistenza astraendosi dalle relazioni tra essi e lei.

Quello che aveva saputo non mutava l'essenza delle cose, del suo passato, era sempre una senza famiglia, era un'orfana e senza un padre.

La madre superiora non le aveva svelato un passato, le aveva appioppato un futuro di cui lei avrebbe dovuto disporre. Come? E per sempre?

Per adesso aveva le natiche gelate, si tirò su in piedi appoggiando le mani al davanzale, alzò lo sguardo, il cielo gravido di nuvole e di acqua scaricava una pioggia tignosa che rimbalzava sul fango della via.

Si trascinò a letto, ci si buttò vestita con la faccia affondata nel guanciale stringendo con la mano la testata. Giacque così. Tutta la notte.

5

Ricamatrice. Aveva scelto di frequentare il corso di cucito e ricamo e si era specializzata.

Ciò le era costato la permanenza di altri due anni più uno, tre, nel collegio per acquisire anche l'attestato di modista, ma era stata la scelta migliore che avesse operato nella sua vita.

Si era procurata un discreto numero di clienti che stimavano assai il suo lavoro.

Ciò le permise una volta uscita di rendersi indipendente, di trovare una casa e di iniziare la sua vita.

Amava moltissimo quel lavoro; il suo tavolo di legno chiaro era stupefacente, assomigliava piuttosto ad una pianta fiorita, così carico com'era di nastri pizzi fili colorati sete nappine bottoni e poi metri e metri di merletti arricciolati su se stessi come fiori da ornamento, e poi fiocchi colletti treccine di nastri sottili e dorati, ricami disegni matite colorate veline lacci organza tulle spille pietre piume matassine di cotone sottilissimo ricami a metà dell'opera nastri di velluto calchi di nuche in legno per mettere in forma i cappelli e poi perle perline fazzoletti con le cifre ricamate in diverse fogge e poi piccoli stemmi da riportare sulla biancheria, minuscoli uccellini riprodotti per ornamento, testi per ricercare esotici ornamenti orientali, ricami spagnoli o di altre epoche, aperti su pagine dipinte e ornate in modo così complicato che gli occhi e la mente si perdevano come in un labirinto di cui non si riesce a trovare la via di uscita complicata da pareti di specchi che sembrano rimbalzare l'immagine e moltiplicarsi.

E poi ritagli sparsi ovunque come coriandoli, scarti inutilizzati ma che sembravano macchie di colore messe ad arte come su una tela dove tutto è studiato tutto appare naturale eppure è unico.

Era il suo banco felice: c'erano fiori di stagione veri, profumatissimi, margherite boccioli teneri nasturzi e poi un mazzetto dall'inconfondibile colore dilavato liquido malvaceo e dissoluto delle violette di Parma.

C'erano piccolissime pigne foglie secche ghiande rametti di rosmarino ciliegie d'estate fotografie stemmi e poi, un poco in disparte, alla penombra della fresca lindura di pallide tendine di mussola alle finestre, la silenziosa immobilità di candidi rametti di biancospino.

E poi perle perline pietre colorate modelli cappellini vezzosi eleganti arricchiti da graziose guarnizioni di velette nere o doppi strati di tulle.

Si stava specializzando nel ricamo di corpetti degli abiti da sposa.

Pareva il giardino degli dèi, pareva la Polinesia, pareva un piccolo Paradiso terrestre così come potremmo immaginarlo, pareva che ogni attimo felice ogni sogno ogni visione ogni seppur minimo gesto d'affetto ogni luce della sua vita si fosse cristallizzato mantenuto pervicacemente e meticolosamente per quel luogo per quel tempo.

Tutti quegli oggetti quei piccoli tesori che Maddalena contemplava con curiosità e ammirazione pari a gratitudine, se assorbendone i pochi sogni l'avevano liberata da essi, in compenso se ne erano anche arricchiti gliene mostravano la realizzazione palpabile prendevano rilievo ai suoi occhi e insieme tranquillizzavano il suo cuore.

La natura stessa pareva l'avesse espressa con l'ingenuità di una ricamatrice di paese.

Dal suo totale analfabetismo di carezze affetto dimostrazioni di amore non era derivata alcuna rivendicazione, nessuna pretesa, da chissà chi poi, come se dalle proprie sofferenze dovesse derivare un diritto al compenso.

No, si era piuttosto assestata su ciò che conosceva, su ciò che le era stato dato, o meglio tolto.

Le era stata assegnata una sedia e lì si era accomodata.

Sapeva far rivivere ricamando con fili colorati i ciliegi e gli uccelli della sua infanzia e il letto dove era morta sua madre e che a lei pareva di avere davanti agli occhi.

Era come se il ricamo nella sua minuta paziente e meticolosa ricostruzione, simile al lavoro di filigrana psicologica di non comparabile spessore e di leggerezza inarrivabile, le desse la possibilità di ridisegnare a suo piacimento una vita in bella copia, come se dalle proprie sofferenze derivasse un diritto al compenso, una specie di eroismo della necessità seppure involontario, distraendola in qualche modo da quella profonda e immobile visione della sua attività scolorita.

Aveva imparato a rimpeciare e ricucire il ricamo la trama sfilacciata la cerata a volte irrintracciabile del suo racconto, del racconto della sua storia, che a lei pareva come una lunga migrazione apolide desolatamente popolata da figure opache fuori fuoco che avvicinandosi scomparivano, si dileguavano. No, non le avevano dato neanche il tempo, e per lo stesso motivo il modo, di saper stare con qualcun altro, sapersi affezionare, e come poi?

Con ogni probabilità per Maddalena il mondo girava così.

In ogni caso tentava di trovare la bellezza laddove nessuno si sarebbe immaginato ci fosse, nelle cose più usuali, nella vita profonda delle "nature morte".

Sentendo dentro di sé terre riconquistate all'oblio prosciugarsi e ricomporsi, a dispetto della bieca alterigia con cui le suore del collegio erano solite rivolgersi, con le clienti, numerose, aveva imparato una affabilità, una disponibilità che il fruscio dei merletti la fragranza dei profumi la fragilità della materia amplificavano. Tuttavia la sua animazione svaniva con la stessa rapidità con cui si era sprigionata.

Le clienti la trovavano perfetta, tale la sua capacità di accontentarle.

Usciva poco Maddalena, si teneva ben lontana dalla chiesa, non aveva amicizie, solo clienti, non sapeva nemmeno se fosse finita nella città dove era nata o dove era stata inviata, non conosceva il nome di suo padre né dove fosse morto, se lei stessa fosse l'unica figlia della duplice tragedia o se qualcuno da qualche parte...

Aveva smesso, smesso ma da subito di pensarci, non aveva iniziato mai alcuna ricerca mai.

Non avrebbe voluto vivere così in quella specie di ritegno sempre con l'aria di ritrarsi da tutto.

Era una senza famiglia, bastava a se stessa, nessuna nostalgia, e di cosa poi? Nessun autocompiangimento. Cos'era stato? Un azzeramento dei desideri?

No, lei non lo viveva così, aveva piuttosto la sensazione di percorrere esattamente la strada in cui si era incamminata da quando era venuta al mondo.

La gran parte del tempo che non dedicava al lavoro lo trascorreva alla finestra, da lassù godeva di una vista edificante.

Era cresciuta, giù in quello che sembrava un immenso giardino, una grossa siepe che lasciava intravvedere un viale bordato di ciclamini, di viole del pensiero e di verbene, tra le quali le violaciocche aprivano la loro borsa fresca e odorosa di rosa e stinta come cuoio antico.

Adorava quella sorgente di colori e di bellezza senza tristezza, era rimasta ad ascoltare in fondo al giardino gli ultimi rotolii dei tuoni tubare tra i lillà.

Non aveva voglia di cucinare e poi la cucina era diventata impraticabile, era sempre piena di fumo, l'aria era irrespirabile; il fumo ormai aveva invaso anche la sua camera, c'era puzza dappertutto. Era uno di quei problemi di ordine pratico che indugiava sempre ad affrontare quando addirittura non vi rinunciava.

Era il peso più difficile da sopportare. Quando il cumulo dei guai, dei guasti degli spiccioli pratici della vita quotidiana diventava insopportabile ella nutriva potente la tentazione di lasciar andare ogni cosa alla malora.

Tuttavia quella volta la preoccupazione prese il sopravvento per il motivo per lei ovviamente gravissimo che il puzzo del fumo avrebbe potuto infestare i tessuti e invadere lo scrigno delle organze!

«Donne! È arrivato l'arrotino! Arrota coltelli forbici forbicine forbici da seta coltelli da prosciutto. Donne, è arrivato l'arrotino e l'ombrellaio. Aggiustiamo gli ombrelli, ripariamo cucine a gasse: abbiamo tutti i pezzi di ricambio per le cucine a gasse. Se avete perdite di gasse noi le aggiustiamo se la vostra cucina fa fumo noi togliamo il fumo dalla vostra cucina a gasse.»

Ma! Parlavano di lei, quello sconosciuto che urlava dentro quell'attrezzo pareva conoscere perfettamente lo stato in cui versava la sua cucina.

Era proprio ciò di cui aveva bisogno.

Lasciò le ciabatte al bordo del letto infilò le scarpe si tolse di dosso il camice immacolato con cui lavorava, infilò le scale e si scapicollò in strada in preda ad una sorta di sgraziato affanno come vi fosse stata catapultata: laggiù, contro la sua volontà, si asciugò la fronte col fazzoletto lo passò sui capelli morbidi, era estate e quel giorno l'afa e l'umidità rendevano il caldo insopportabile.

Maddalena si guardò intorno, non sapeva cosa cercare, non aveva mai visto un arrotino, cercava, non sapeva come, le sue tracce: l'asfalto trasudava vapore sembrava ci fosse dell'acqua. Irrisori miraggi di città che la disorientavano, nessuno si era azzardato a scendere in strada; il marciapiede esplodeva.

Maddalena si passò il fazzoletto intorno al collo, sudava persino in testa, non voleva desistere si fece forza perché in lontananza ricominciò a sentire la cantilena degli annunci evidentemente.

L'arrotino con il suo furgoncino ora lo vedeva riemergere dall'atmosfera fosforosa e infuocata in fondo alla via, evidentemente aveva fatto il giro dell'isolato.

Ripensandoci Maddalena riconosceva di aver avuto un bel coraggio a fermare per strada uno. Quell'uno. Santo cielo si era sbracciata sguaiatamente, sminuendosi improvvisamente, mentre piccoli saltelli facevano piantare i suoi tacchetti nell'asfalto così morbido che pareva sciogliersi, come se avesse avuto disperato bisogno di un passaggio. Aveva spiegato in fretta all'uomo la situazione e poi erano saliti in fretta in casa.

Che sollievo! All'interno le persiane erano socchiuse regnava una previdente penombra. Si era svolto tutto così in fretta e non senza un certo imbarazzo. I due erano fermi in piedi uno di fronte all'altra. Finalmente Maddalena si riscosse e fece accomodare l'uomo nella sua stanza d'elezione, la sala di lavoro che profumava di fiori e di pulito.

Maddalena non era sicura se avesse dovuto trattarlo come un ospite, ma in un certo senso si sentiva quasi in colpa di averlo disturbato in una giornata così scandalosamente calda.

«Posso offrirle qualcosa da bere? Ho dell'acqua fresca.»

«L'acqua andrà bene» rispose l'arrotino che aveva su una maglietta color petrolio madida di sudore e si era accasciato in una vezzosa poltroncina.

«Ecco l'acqua, signor...?»

«Arturo» rispose l'uomo mentre alzava il viso verso Maddalena e gli occhi per prendere l'acqua.

Che occhi! pensò Maddalena, ma in modo così fulmineo che neanche si rese conto. Anche lei aveva gli occhi azzurri, lo stesso punto d'azzurro.

«Mi chiamo Maddalena e ho in cucina tutti i guai che lei promette di risolvere e forse anche di più perciò ora l'accompagno in cucina ma lei, signor Arturo, non si spaventi.»

Peccato! lasciare quella frescura l'acqua fresca le persiane accostate le caritatevoli pale di legno chiaro che vorticavano sul soffitto.

La cucina appariva singolarmente disabitata vaporosa fosforosa; il fumo azzurrino galleggiava sull'afa polverosa che la opprimeva. Pareva di essere entrati in un altro mondo.

Il caldo toglieva le forze pareva mancare il fiato: calore fumo e puzza di gas.

«Sarà meglio aprire la finestra, non abbiamo scelta.»

Arturo si passò un avambraccio sulla fronte. «Darò un'occhiata. È molto vecchia la cucina?»

«Ma non credo. Io comunque l'ho trovata e non...» Guardò come fosse la prima volta lo stato di afflizione in cui versava la sua cucina. Si sentiva nella condizione di doversi giustificare di un tale disastro, in fondo se ne vergognava un po' a guardarla con occhi non avvezzi, estranei, insomma era un vero scandalo.

Riparò nel salottino fiorito di tutte le eleganze provinciali ma anche per quello così accogliente.

Si infilò il camice e si mise alla macchina da cucire.

Le sembrava curioso mettersi al lavoro in quella stanza mentre c'era uno sconosciuto che smontava la sua cucina. I rumori familiari camuffavano uno stato di imbarazzo ignoto.

Pestò sulla macchina da cucire ma non riuscì a fare altro che un orlo e pure storto.

Passata che fu all'incirca un'ora, uno sfinito arrotino si affacciò alla porta del salottino ridotto come un reduce di guerra col passo di un forzato.

Gli occhi bassi così inesorabilmente caddero su un polpaccio in movimento, Maddalena ebbe il tempo di notare che la pelle era di un bianco smorto e su quella s'arricciolava qua e là qualche metallico peluzzo rossiccio.

Era provato l'arrotino, era sconvolto e anche disidratato. Maddalena scattò in piedi come una recluta trascinandosi dietro di sé la pezza col filo da cucire che la inseguì fino al tavolino tondo dove aveva appoggiato la caraffa d'acqua fresca.

«Si sieda, signor Arturo.» Sembravano in procinto di accomodarsi in attesa del verdetto.

L'arrotino aprì la bocca, fece per parlare ma non vi riuscì, le membrane del palato e della lingua erano incollate; emise appena un piccolo querulo rantolo. Poveretto, faceva pena.

«Ho del tamarindo al fresco» azzardò Maddalena, nutriva un sacrosanto timore che il malessere dell'arrotino potesse precipitare in qualcosa di più grave.

Si precipitò nella cella della morte, afferrò la maniglia del frigorifero e in mezzo al deserto vide emergere un chinotto dell'anno precedente. Pazienza, l'avrebbe spacciato per una scelta elettiva.

Si precipitò nel salottino con una breve fuga; era rimasta in apnea per tutto il tempo.

L'arrotino cominciò a fare il resoconto dei guasti, tanti gravi e complicati, che presentava la cucina, ma il forno e la cappa forse sarebbe convenuto comprarli nuovi.

Si dilungava sui dettagli tecnici contro il suo vantaggio ma tuttavia...

Parlava lentamente scivolando sulle parole, Maddalena si sentì scivolare in una sorta di assopimento e si concentrò sugli occhi azzurri del suo sconosciuto; quegli occhi a poco a poco avevano perduto la loro aria severa ma si erano ora quasi subito velati di una enorme stanchezza dietro alla quale lo sguardo smarrito esprimeva una bontà pietosa quasi infantile, lontana...

Poesie tratte da

Fiori di Fitolacca

[1]

Sono:
l'addio
di un giorno di festa
cui lo sposo
ha tradito la parola.
Il porto inutile
delle barche salpate
– ormai tutte –
l'alba
irriconoscibile
di un giorno di pioggia
il letto
fiacco

di un torrente
mortificato,
nell'asma di un'estate
troppo inclemente.

[2]

Senonché
come… alcove di silenzio
e imprevedibili
stagni di malinconia,
la punteggiatura logica
        e puntuale
di un casuale avvicendarsi.
Le Morti degli altri
rivelano sempre
il nostro terrore della vita
anche per questo ci umiliano.
La presunzione delle cose:
un'irriducibile

nostalgia dell'assoluto
    sempre.
La loro realtà
    invece,
la necessità di colmare
    comunque
    un'Assenza.

[3]

Le ore,
– lunghe –
Territorio dell'ansia
e del tempo del tempo.
I Sogni,
come di un presente
        senza memoria
incubi della mente
vendetta
degli dei,
del dio
supremo
della felicità.

[4]

Notti
di presenze
mute
        sempre
        e severe.
Notti:
la speranza:
breve vita
d'arcobaleno
tramontato
all'orizzonte
d'una
trascurata

aurora
d'autunno,
consueta
al miracolo
di un gabbiano
che:
spazio d'ali bianche,
saluta
l'alba nuova.

[5]

Io
il tramonto
di
un giorno speciale
tanto precoce
da parere
irriverente.

[6]

La stessa luce
    gravida
l'Alba
queste lunghissime albe!
    – quante ancora –
Responsabile identica
di questi risvegli
    anticipati
    malsopportati
di questo quadretto patetico
 – una finestra per cornice –
che scopre un fazzoletto di terra a pianterreno

Le fruste avvilite
e languide
di un salice piangente
abbandonato al vento
pietoso
per ora,
che è solo l'alba.
Responsabile ancora
di una fuga:
        la mia
mongolfiera di sogni
che a stento ho trattenuto
        ancora,
col caldo allettante
dell'ultimo sonno
chiatto,
svogliato
involtolato

e imprigionato nelle pieghe delle lenzuola.
E ora,
che Realtà e Fantasia
si fronteggiano,
contendendosi
gli ultimi spiccioli
di questo ballottaggio rituale,
di cui è certo l'epilogo,
non resta che cercare
nella rugiada di un salice,
lo specchio di quei sogni
strappati a fatica
a una zavorra ormai tanto lontana
troppo…
chissà quanto
la rugiada
rimarrà ancora!

[7]

... Che la fine di un giorno
è l'unica possibilità di vita
          dell'altro;
Che il buio e la luce
non sono che due diverse condizioni
          del sole
... Che la notte conserva
sotto la coltre
tutto lo splendore
dei bianchi e dei gialli
e
... Che la luce copre la notte,
senza dimenticarla:

come una bestia,
        la sua preda
e solo…
se la magia del giorno
è un breve furto di tempo
perpetrato mille volte mille
        al traguardo finale,
Credo che tutto ciò che
di assoluto, e di sovrumano
ha
la vita,
è una breve concessione della Morte.

[8]

La mia solitudine
si sta così sublimando
che quando raggiungerò la perfezione:
compiacimento più partigiano di sé,
forse non mi lascerà più scampo
e non potrò che matrimoniarmi
alla più esotica
        e ambigua
disperazione...

[9]

La Mano paziente della notte –
Il cielo ora scopre le sue stelle, che ha cu-
stodito a lievitare. Svelato l'incanto,
quest'ora di miracolo
invoglia ad essere grandi
anche nel dolore...

[10]

Candore
profanato
di un'alba
impudica
        e precoce
Quando...
... "l'ora"...
Collasso
discreto
dell'ultima ombra
        indolente.
Ancora
non è...

"l'ora"...
Bugiardo
e
incerto
interludio di pace
e breve:
Quasi
è...
"l'ora"...
Sublime
Mito
e Materia
e Senso.
Anticipazioni del quotidiano
rituali
presenze
– e corrotte –
come duellanti

a un convegno
senza padrini...
un bosco
di nebbia
e rugiada.
– Si fronteggiano –
E
... finalmente
"l'ora"
si dispone
grave
al suo ultimo
          silenzioso
tributo al sublime.

[11]

Anarchica
e scapigliata
– la mente –
perché
suonano bene le parole…
Le parole
sono
– nell'ordine delle cose, –
il disordine
        del pensiero,
le pulci della mente
conservati
al presente

come cadaveri
in formalina.
Sono
il miracolo dell'idea
nell'evento
della sua
replicata
rappresentazione.

[12]

Ci sono momenti
– il tempo del transito di un treno –
in cui la vita sembra leggera
la mente,
appesa al fragore della locomotiva
sbarca
senza vento,
alle sponde del sogno.

[13]

Il sole
'stasera
– questo tramonto –
fa già specchio alla luna
stagno pudico
        e indolente
sull'alta marea degli orti
        coltivati
e già
lo scirocco
        le mucche,
accarezza:
le mammelle gonfie
        di maternità.

[14]

Piove
’stasera
sul becco degli uccelli
        confusi
dalle stagioni invertite.
Placida la notte,
incendia
al calore delle lucciole
il lungo bacio
dei papaveri e il grano.

[15]

Emergo,
alla luce del giorno
        gli occhi
dentro gli occhi,
 a guardare le lacrime
stelle incaute
piovute 'stanotte
in fondo allo stagno
del cuore
monetine d'oro
portafortuna
di innamorati poveri
in cerca di presagi.

[16]

’Stasera
il cielo
è in smoking.
La notte:
le sue code.
In un tramonto
            di tango,
danza la luna
lucida
e
tirata
in una brillantina di stelle…

[17]

Lenta
come la marcia dei cammelli
migra
la malinconia.
Mute
        le lacrime
come le scie d'argento
delle chiocciole.
Tuona
        lontano
l'eco dell'eco
disperde l'incubo
come un ciottolo i cerchi nell'acqua

dello stagno.
Silenzio.
Sorridono gli zingari
al passaggio delle rondini.

[18]

'Stasera
il sogno
fugge cauto
dalla mente
e ride
tra i semafori e le stelle.
Non voglio perderti
tra le curve del pensiero
in questa passeggiata di notte
        e di fantasmi prudenti.
Strada di luce
Non smarrire le stelle
Nell'asfalto.

[19]

Percorsi,
lenti,
ad incontrare
– buio di carezze –
lenti sentieri
dove corrono
gli imbarazzi e
        le biciclette.
Lacrime
come le lucciole
un gruzzolo di monete
        languide,
            come

gli occhi dei gatti
quando,
d'inverno, guardano alla luna.

Indice

Lettera ad un poeta, mia madre 7

PARTE PRIMA.
È ARRIVATO L'ARROTINO 15

PARTE SECONDA.
È ARRIVATO L'OMBRELLAIO 83

FIORI DI FITOLACCA 123

Finito di stampare nel mese di ottobre 2016
presso Grafica Veneta – via Malcanton, 2 – Trebaseleghe (PD)

Printed in Italy